KB146783

언제나 든든한 아빠,
당신을
사랑하는 이유는

midnight bookstore
심야 책방

언제나 든든한 아빠께

아빠에게만 털어놓고 싶은 속마음, 들려주고 싶은 고백들……

그리고 아빠가 제게 얼마나 소중한 존재인지를

한번쯤 진실하게 고백하고 싶었습니다.

이 작은 책을 완성하는 동안 아빠 덕분에 제가 많은 사랑을 받으며

얼마나 행복하게 살아가고 있는지 깊이 깨달았습니다.

아빠와 함께했던 그리고 함께할 그 모든 순간을 사랑한다는 말로,

고마움을 전합니다.

존경과 사랑을 담아   올림

제가 태어났을 때 아빠는 _____ 살이셨죠.

아빠는 엄마 배 속에 제가 생겼다는 소식을 처음 들으셨을 때,

이런 기분이셨을 것 같아요!

그리고 아빠는 저와의 첫 만남에 이런 말씀을 하셨을 거예요 :
(해당하는 보기에 체크해주세요.)

☐ 세상에나 너무 조그맣잖아!

☐ 눈, 코, 입 죄다 날 닮았네~

☐ 크면 인물이 훤해지겠지……?

☐ 천사가 따로 없네~

☐ _____

저의 출생에 관해 아빠가 곧잘 들려주신 이야기는요.

_____

_____

_____

_____

이럴 때, 아빠와 제가 너무 닮아서 깜짝 놀라기도 해요 :

☐ 자기 전, 물 한잔을 마시는 것

☐ 긴장하면 손에 땀이 나는 것

☐ 이 닦을 때 돌아다니는 것

☐ 기분이 너무 좋으면 박수를 치는 것

☐ _____

아빠에게 바치는 노래예요.

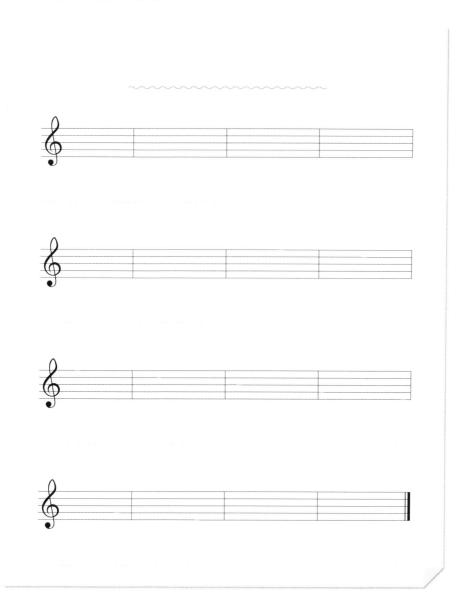

아빠와 함께한 저의 어린 시절을 기억하는 소리나 냄새가 있다면요 :

☐ 욕실에서 났던 아빠의 진한 스킨 냄새

☐ 여름방학이면 할머니 댁에 가서 만들어 먹었던 ＿＿＿＿＿＿＿＿＿＿ 냄새

☐ 커피를 좋아하는 아빠가 매일 아침마다 원두를 갈던 그라인더 소리

☐ 우리 집 ＿＿＿＿＿＿＿＿ 을/를 훈육하던 엄한 듯 엄하지 않던 아빠의 목소리

☐ ＿＿＿＿＿＿＿＿＿＿＿＿＿＿＿＿＿＿＿＿＿＿＿＿＿＿＿＿

아빠와 함께 이걸 하면, 전 정말 즐겁고 행복해요 :

☐ 분위기 있는 노래 들으며 드라이브할 때

☐ 우리가 좋아하는 ＿＿＿＿＿＿＿＿ 와/과 ＿＿＿＿＿＿＿＿＿ 을/를 먹을 때

☐ 노래방에서 우리의 애창곡 ＿＿＿＿＿＿＿＿＿＿＿ 을/를 부를 때

☐ 우리가 좋아하는 배우 ＿＿＿＿＿＿＿ 이/가 나오는 드라마나 영화를 볼 때

☐ ＿＿＿＿＿＿＿＿＿＿＿＿＿＿＿＿＿＿＿＿＿＿＿＿＿＿＿＿

제가 아빠에게 가장 기대고 싶었을 때는요.

제가 아빠에게 가장 큰 고마움을 느꼈던 때는요.

제가 아빠에게 너무 미안해서 어쩔 줄 몰랐을 때는요.

한 분의 아버지는
백 명의 스승보다 낫다.

허버트 조지 웰스

아빠의 일상을 그려볼게요.

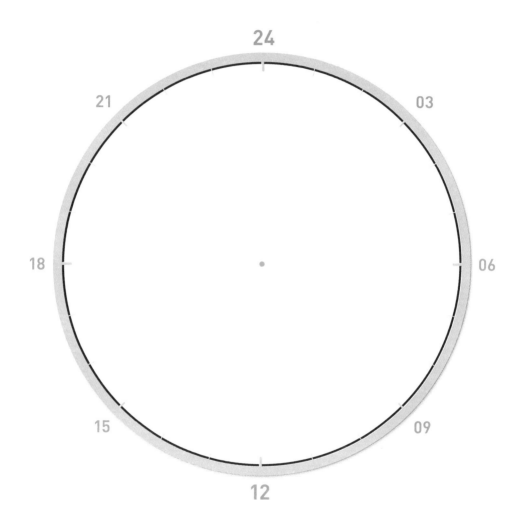

제가 생각하는 가장 큰 효도는요 :

☐ 주변 사람들과 잘 지낼 때

☐ 아빠가 좋아하는 _____ 을/를 함께했을 때

☐ 내가 지혜로운 사람이라는 것을 증명했을 때

☐ 진정한 사회인이 되었을 때

☐ _____

제가 생각하는 가장 큰 불효는요 :

☐ 내 건강을 챙기지 않을 때

☐ 내가 행복하지 않은 것

☐ 아빠와의 약속을 지키지 않았을 때

☐ 나 자신에게 _____ 행동했을 때

☐ _____

아빠에게 너무 자주 들어서 이제는 제가 먼저 꺼내기도 하는 말들은요:

□ 괜찮아, 다 잘 될 거야

□ 잘 좀 챙겨먹어

□ 술 많이 먹지 말고, 눈 크게 뜨고 괜찮은 사람 있는지 찾아봐

□ 사랑해

□ 지금부터 셋까지 센다!

□ 내가 그렇다면 그런 거야

□ 너도 너랑 똑같은 자식을 낳아서 한번 길러봐야 해

□ 눈을 감아봐, 그러면 네가 가진 것이 무엇인지 보일 거야

□ 내 눈엔 너만 보여

□ ....

아빠
잔소리 예약

아빠
잔소리가 들려

아빠
잔소리 탈출

아빠
잔소리 폭탄

제 휴대폰에 아빠는 [   ] 라고 저장되어 있습니다.

아빠가 저에게 자세히 알려주셔서 삶에 큰 도움이 되었던 것들은요 :

- 져주는 게 진짜 이기는 거다
- 나에게 오는 마음과 순간을 놓치지 말자
- 진짜 비밀은 댕댕이에게만 털어 놓아라
- 우리 모두는 별이고, 반짝일 권리가 있다
- _____

아빠에게 물려받은 것 중에 유독 마음에 드는 나만의 특징은요 :

- 한 번도 학교를 결석한 적 없는 성실함
- 어느 누구에게도 뒤지지 않는 체력
- 늘 타인을 먼저 배려하는 착한 마음씨
- 수려한 외모와 꿀 피부
- _____

아빠에게 이어받지 못해서 아쉬운 점들은요 :

- 무슨 일이든 해내고야 마는 추진력
- 너그럽고 수더분한 마음가짐
- 무엇이든 맛깔나게 만드는 요리 솜씨
- 크고 예쁜 눈과 도톰한 입술
- _____

봄이면 떠오르는 아빠와의 기억

여름이면 떠오르는 아빠와 함께한 여행

가을이면 떠오르는 아빠와의 추억

겨울이면 떠오르는 아빠에게 선물했던 이벤트

아빠는 제가 독립심을 키울 수 있도록 이끌어주셨습니다.

그때는 서운했지만, 이제는 아빠의 마음을 이해합니다.

저의 사춘기 시절에 아빠가 이렇게 이야기해주서서 고마웠어요 :

- 무슨 고민이든 아빠에게는 솔직히 말해도 괜찮아

- 네 나이에는 뭐든지 낯선 게 당연한 거야

- 아빠는 언제나 네 편이야

- 네가 정말 자랑스러워

- ....

그리고 이런 행동을 하지 않아 주서서 그 또한 감사했어요 :

- 친구들과 저를 비교하지 않으셔서

- 제게 무관심하지 않으셔서

- 제게 부담을 주지 않으셔서

- 제 이야기를 그냥 흘려듣지 않으셔서

- ....

나는 성장하는 과정에서 좋은 스승과 좋은 벗을 많이 만나
큰 도움을 받았다.
그러나 무엇보다도 아버지로부터 받은 사랑과 교훈
그리고 모범이 가장 훌륭한 교훈이었다.

밸푸어

아빠와 제가 처음으로 함께 찍은 사진이에요.

년   월   일   요일 날씨

아빠를 대표하는 이모티콘은요.

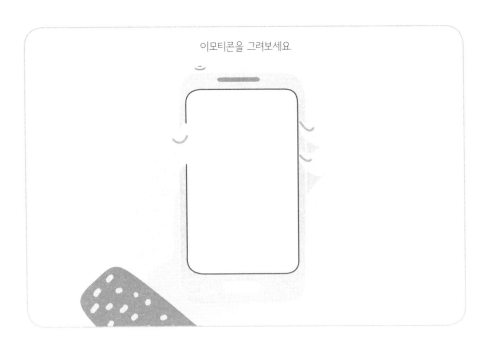

이모티콘을 그려보세요.

우리 아빠는 내 마음속에 이만큼을 차지하고 있습니다.

아빠께 꼭 읽어드리고 싶은 책의 구절이 있어요.

아빠를 가장 잘 나타내는 표현은요 :
(해당되는 단어 모두에 동그라미를 칩니다.)

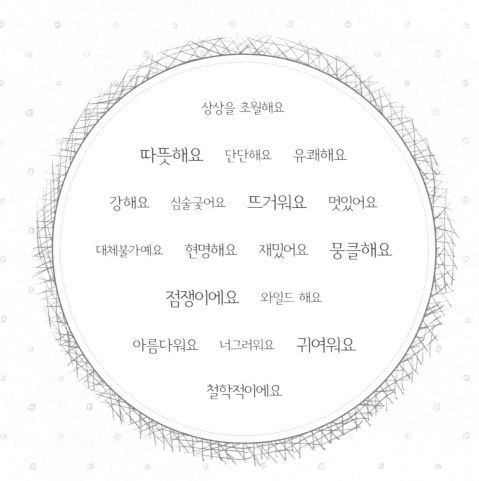

상상을 초월해요

따뜻해요   단단해요   유쾌해요

강해요   심술궂어요   뜨거워요   멋있어요

대체불가예요   현명해요   재밌어요   뭉클해요

점쟁이에요   와일드 해요

아름다워요   너그러워요   귀여워요

철학적이에요

저는 아빠가 이럴 때 걱정됩니다 :

☐ 혼자 식사를 하실 때

☐ 늦은 밤, 혼자 운전하시거나 대중교통을 이용하셔야 할 때

☐ 감정 기복이 심하실 때

☐ 밤에 깊이 잠들지 못하실 때

☐ _____

제가 했던 이 부탁을 들어주셔서 감사해요.

_____

_____

_____

저의 이 부탁을 거절해주신 것 역시 감사해요.

_____

_____

_____

요즘 저의 가장 큰 고민은요 :

☐ 이번 휴가에는 아빠와 어디로 여행을 갈까?

☐ _____ 와/과 다툰 거 빨리 화해해야 하는데

☐ 취업은 어떻게 하지?

☐ 어떻게 하면 아빠를 즐겁게 할 수 있을까?

☐ _____

☐ _____

요즘 아빠의 가장 큰 고민을 생각해봤어요 :

☐ 오늘 저녁 뭐 먹지?

☐ 취미생활로 ＿＿＿＿＿＿＿＿＿＿을/를 배워볼까?

☐ 우리 가족들 건강은 어떻게 챙기지?

☐ 우리 ＿＿＿＿＿＿＿＿＿＿의 최대 고민이 뭘까?

☐ ＿＿＿＿＿＿＿＿＿＿＿＿＿＿＿＿＿＿＿＿＿＿＿＿＿＿

☐ ＿＿＿＿＿＿＿＿＿＿＿＿＿＿＿＿＿＿＿＿＿＿＿＿＿＿

제가 두 살이 되기 전까지 재잘대지 않아서 아빠는 몰랐겠지만,

이제 고백해요. 고마웠어요. 아빠!:

☐ 밤새 저를 재워주셔서

☐ 제가 울 때 품에 안아주셔서

☐ 기저귀를 갈아주셔서

☐ 얼굴에 묻히고 먹을 때 얼굴을 닦아주셔서

☐ 제게 이 세상을 알게 해주셔서

☐ 제게 자꾸 말을 걸어주셔서

☐ 맛있는 이유식을 만들어주셔서

☐ 늘 제게서 눈을 떼지 않아 주셔서

☐ ....

아빠가 제 나이일 때, 어떤 직업을 꿈꾸셨을지 생각해봤어요 :

▫ 세계 방방곡곡을 다니는 여행 작가

▫ 화려한 스포트라이트를 받는 멋진 배우

▫ 아프리카 오지의 아픈 사람들을 치료하는 의로운 의사

▫ 인류의 숨겨진 유적지를 발굴하는 고고학자

▫ _____

아빠는 _____ 처럼 멋지고 _____ 만큼 강인하며,

_____ 같이 용감하고 _____ 처럼 사랑스럽습니다.

그리고 무엇보다 특별한 것은,

당신이 나의 아빠라는 사실입니다.

우리가 부모가 됐을 때 비로소 부모가 베푸는
사랑의 고마움이 어떤 것인지 절실히 깨달을 수 있다.

헨리 워드 비처

어린 시절 제가 가장 좋아했던 아빠의 말은요 :

- 목마 태워줄까?

- 올해는 산타 할아버지가 어떤 선물을 주시려나?

- 오늘은 어떤 책 읽어줄까?

- 우리 오랜만에 외식하자

- 이번 휴일에 놀이공원 갈까?

- 오늘은 유치원 가지 말고 아빠랑 놀러 갈까?

- 신나게 게임 한 판?

- _____

아빠가 저에게 해준 인간관계에 관한 조언 중 단연 으뜸은요 :

- 먼저 상대방을 이해해라

- 남을 흉보는 사람과는 가까이 지내지 말아라

- 가까울수록 고마움을 꼭 표현해라

- 싫어하는 사람의 장점을 찾아봐라

- _____

제가 아빠 이름을 새로 짓는다면 이렇게 어떨까요?:

아빠의 이런 모습이 의외였어요 :

☐ 동물을 무서워하는 것

☐ 영화만 보면 조는 것

☐ 편식하는 것

☐ 연애 소설을 좋아하는 것

☐ ....

제가 아빠의 아빠라면 이런 점을 혼내주고 싶어요 :

☐ 누워 있는 것만 좋아하는 습관

☐ 끼니를 자주 거르는 것

☐ 약속을 잘 안 지키는 습관

☐ .... 태도

☐ ....

아빠와 제가 너무 닮아서 깜짝 놀랐던 적이 있어요.

누군가 아빠에 대해 물으면 이렇게 대답할래요.

아빠는 이담에 제가 결혼을 한다면, 이런 아내가 되길 바라실 것 같아요:

- 힘들 때 곁에서 힘이 되는 아내
- _____ 은/는 꼭 해주는 아내
- 잔소리하지 않는 아내
- _____ 을/를 이해해주는 아내
- _____

아빠는 이담에 제가 결혼을 한다면, 이런 남편이 되길 바라실 것 같아요:

☐ 슬플 때 곁에서 힘이 되는 남편

☐ ＿＿＿＿＿＿＿＿＿ 은/는 꼭 해주는 남편

☐ 불평하지 않는 남편

☐ ＿＿＿＿＿＿＿＿＿ 을/를 이해해주는 남편

☐ ＿＿＿＿＿＿＿＿＿＿＿＿＿＿＿＿＿＿＿＿＿＿＿＿＿

아빠를 위해 제가 준비한 심부름 쿠폰이에요.(밑줄을 직접 채워보세요.)

심 부 름 쿠 폰

No. 01

매일 아침, 커피 타주는 쿠폰

No. 01

심 부 름 쿠 폰

No. 02

No. 02

심 부 름 쿠 폰

No. 03

No. 03

아빠 이름에는 글자마다 소중한 의미가 담겨 있습니다.

각각의 글자로 삼행시를 지어볼게요.

훌륭한 부모의 슬하에 있으면
사랑이 넘치는 체험을 얻을 수 있다.
그것은 먼 훗날 노년이 되더라도 없어지지 않는다.

루트비히 판 베토벤

어린 시절, 아빠 물건 중에 제일 탐났던 것은요 :

☐ 아빠의 부들부들한 가죽가방

☐ 아빠의 손때가 묻은 책

☐ 특별한 날에만 신던 구두

☐ ＿＿＿＿＿＿＿＿＿＿＿ 이/가 선물한 ＿＿＿＿＿＿＿＿＿＿＿

☐ ＿＿＿＿＿＿＿＿＿＿＿＿＿＿＿＿＿＿＿＿＿＿＿＿

아빠의 이런 모습을 볼 때, 제가 더 잘해야지 하는 생각이 들어요 :

☐ 혼자 우두커니 앉아 텔레비전을 보고 계실 때

☐ 유난히 제게 말을 자주 거실 때

☐ 멍하니 창밖을 보시는 일이 잦을 때

☐ 혼잣말로 " ＿＿＿＿＿＿＿＿＿＿＿＿＿＿＿＿ "란 말을 자주 하실 때

☐ ＿＿＿＿＿＿＿＿＿＿＿＿＿＿＿＿＿＿＿＿＿＿＿＿

아빠가 저에 대해 이해하지 못하는 것들이 있어요 :

- ☐ 약속 시간에 늘 늦는 나의 고질병

- ☐ 담배는 피면서 미세먼지는 건강에 해롭다며 걱정하는 내 모습

- ☐ 그 색이 그 색인데 자꾸 화장품을 사는 구매습관

- ☐ 몸이 아프다면서 운동은 하지 않는 나의 게으름

- ☐ _____

그럼에도 이런 점은 이해하려고 노력해주셔서 고마워요 :

- ☐ 식도락을 즐기는 나의 먹방

- ☐ 다이나믹한 운동을 즐기는 취미활동

- ☐ 모두를 사르르 녹이는 엄청난 애교

- ☐ 호불호가 명확한 성격

- ☐ _____

어려서부터 지금까지 아빠가 제게 베풀어준 것은 셀 수 없이 많습니다.

그 가운데 가장 감사한 것은요 :

☐ 엄한 예절교육으로 지금의 전 예의바른 청년이 되었어요

☐ 제 고민을 귀 기울여 들어주셔서 제가 삐뚤어지지 않을 수 있었어요

☐ 아침잠이 많은 제가 지각도 하지 않고 학교를 개근할 수 있었던 건 다 아빠 덕
   분이에요

☐ 직접 만들어주시는 갖가지 먹거리 덕분에 알레르기가 완치됐어요

☐ _____

집으로 돌아가는 버스 안, 라디오에서 아빠가 즐겨 부르시는 노래가 흘러나왔어요.

괜스레 마음이 뭉클해져 아빠께 전화를 걸었네요.

우리, 오늘 야식으로 아빠가 좋아하시는 전기구이 통닭 시켜 먹어요~

오늘은 제가 쏠게요!

버스에서 흘러나오던 .... 의

....

제가 첫 월급을 받으면 아빠께 해드리고 싶은 것이 있어요 :

☐ 이보다 좋은 선물은 없다! 플라워박스에 용돈을 고이 담아!

☐ 아빠의 노화를 막아줄 탄력 크림

☐ 최고급 등산복과 등산화

☐ 냄새에 민감한 우리 아빠를 위한 향수

☐ _____

제게 소원을 이뤄주는 마법의 신용카드가 있다면, 아빠를 위해 해드리고 싶은 것이 있어요 :

☐ 사랑하는 자연 속에서 살아가실 수 있도록 산을 통째로 사서 안겨드릴래요

☐ 자동차를 좋아하는 아빠를 위해 세상의 모든 차를 선물로 사드릴래요

☐ 식신인 우리 아빠를 위해 먹기만 하면 바로 소화되는 신약을 만들어 드릴 거예요

☐ 동물을 사랑하는 아빠를 위해 아빠만의 동물원을 만들어 드릴 거예요

☐ _____

아빠를 생각하면 떠오르는 물건이 있어요.

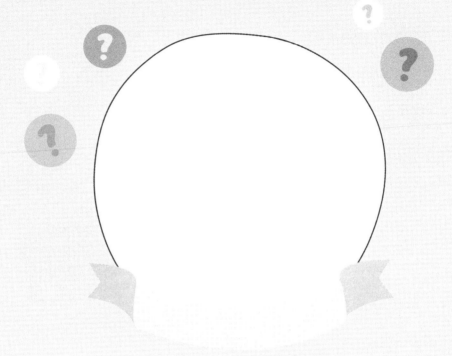

태어나서 처음으로 아빠께 크게 꾸지람을 들었던 그날, 기억나세요?

그때 아빠가 많이 미웠는데 이제는 그때의 아빠 마음을 이해해요.

아빠! 다시 한 번 죄송해요!

아빠는 제가 이럴 때 정말 행복해하시는 것 같아요 :

☐ 아빠 친구들이 저를 칭찬할 때

☐ 아빠와의 약속을 잘 지킬 때

☐ 어깨를 주물러 드릴 때

☐ 계획한 목표를 이루었을 때

☐ ....

반대로 아빠는 제가 이럴 때 정말 싫어하시는 것 같아요 :

☐ 옷차림이 단정하지 않을 때

☐ 아빠와 한 약속을 지키지 않을 때

☐ 사람들에게 너그럽지 않을 때

☐ 아침에 일어나자마자 ....

☐ ....

아빠는 이럴 때 가장으로서 어깨가 무거우셨을 것 같아요.

_____

_____

_____

_____

"아빠, 힘내세요! 제가 곁에 있어요!"

천하의 모든 물건 중에는 내 몸보다 더 소중한 것이 없다.
그런데 이 몸은 부모가 주신 것이다.

율곡이이

메시지를 보낼 때, 아빠만의 특별한 말투는 이거예요.

저는 아빠에 대해 얼마나 많이 알고 있을까요?

1. 태어나신 날은?

2. 아빠 이름을 한자로 쓴다면?

3. 아빠 이름을 영어로 쓴다면?

4. 아빠의 어릴 적 꿈은?

5. 어릴 적 아빠의 별명은?

6. 노래방 18번은?

7. 가장 좋아하는 TV 프로그램은?

8. 못 드시는 음식은?

9. 제일 친한 친구 분의 이름은?

10. 아빠가 가장 사랑하는 사람은?

11. 별자리는?

12. 잠버릇은?

13. 보물 1호는?

14. 메일 주소는?

15. 옷 사이즈는?

16. 발 사이즈는?

17. 제일 좋아하는 간식거리는?

18. 며느리 혹은 사위 삼고 싶어 하는 연예인은?

19. 좋아하는 브랜드는?

20. 특이한 버릇이 있다면?

우리가 종종 사먹은 야식 중 아빠가 제일 좋아하는 음식은요 :

☐ 매운 떡볶이

☐ 제육볶음

☐ 김밥과 라면

☐ 삼겹살과 소주

☐ 치킨과 맥주

☐ 곱창

☐ 닭발과 오돌뼈

☐ 족발

☐ 햄버거와 감자튀김

☐ 보쌈

☐ _____

☐ _____

잠들기 전, 아빠의 이 말을 들어야 스르르 잠이 와요 :

☐ 잘 자라, 우리 강아지

☐ 푹 자고 일어나면 다 괜찮아질 거야

☐ 굿나잇, 우리 _____

☐ 어서 자라, 핸드폰 그만하고!

☐ 이불 발로 차지 마~ 감기 걸려

☐ 댕댕이랑 잘 자

☐ 오늘도 수고했다, 우리 _____

☐ 잘 자, 쪼옥♡

☐ 엉뚱한 짓 말고 얼른 자!

☐ 꿈에서 만나~

☐ _____

☐ _____

아빠가 해주는 요리 중에 제가 가장 좋아하는 것은요.

이담에 우리 아이한테도 해줄 거예요.

아빠만의 황금 레시피

1.

2.

3.

4.

5.

아빠께 차마 말하지 못했던 아빠의 단점이 있어요.

이 자리를 빌려 조심스레 말씀드려도 이해해주실 거죠?:

▢ 아빠는 잔소리가 많고 제가 잘못하면 너무 큰소리로 야단쳐서 무서워요

▢ 아빠는 저보다 반찬 투정이 심해서 걱정이에요

▢ 늘 아빠 생각만 옳은 건 아니지 않을까요?

▢ 아빠는 단점이 없는 게 단점!

▢ _____

아빠와 제가 처음으로 함께 여행가서 찍은 사진이에요.

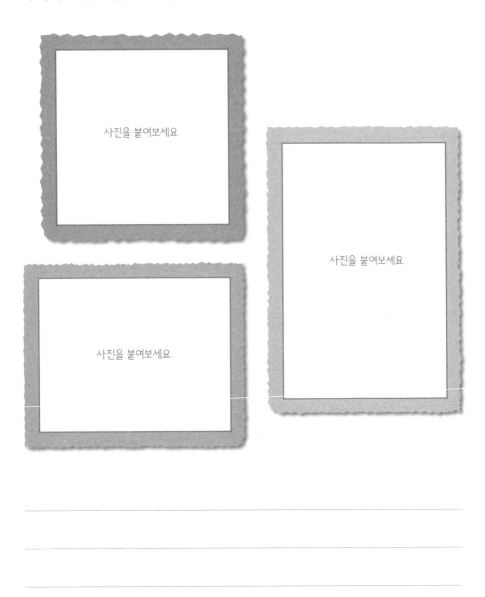

성인이 되면 아빠와 함께하고 싶은 것이 있어요 :

□ 나란히 헤나 문신 하기

□ 맛있는 안주에 술 한잔

□ 배낭여행 떠나기

□ 함께 성형외과 상담 받으러 가기

□ ....

성인이 되면 아빠가 꼭 해봐야 하는 것이 있다고 하셨죠.

전 그중에 이것을 해보려고 해요! :

□ 진한 사랑 해보기

□ 아르바이트로 용돈 모아서 사랑하는 .... 에게 마음 표현하기

□ 봉사활동 하기

□ 자취생활 해보기

□ ....

어린 시절, 주말이면 아빠와 함께

동네 체육관으로 아침 수영을 다녔습니다.

그럴 때면 저는 아빠 등에 올라타 물에서 놀았던 것이 기억납니다.

아빠를 떠올리면 그때의 추억이 떠올라요.

그리고 그날의 따스했던 아빠의 마음도 함께 느껴집니다.

"아빠, 사랑해요!"

아빠에게 잘 어울리는 색을 골라봤어요:

초록색　파란색　무지개색

민트색　코발트색　회색　분홍색

녹색　하늘색　고동색　오렌지색

청록색　흰색　빨간색　보라색

베이지색　연보라색　황갈색　노란색

갈색　연두색　자주색　금색

은색　남색　검정색

아빠는 제게 이것만은 꼭 지키는 어른이 되라고 하셨어요.

그 약속 지키며 살겠습니다 :

- ☐ 자기 뒷정리도 못하는 사람은 아무것도 해내지 못한다

- ☐ 주말 아침식사는 가족과 함께!

- ☐ 지인들에게 감사한 마음은 꼭 전해야 한다

- ☐ 몸이 건강해야 정신도 건강한 법이다

- ☐ _____

이 말을 아빠에게 들을 때마다 천 원씩 받았다면,

진 부자가 됐을 거예요 :

- 휴대폰은 챙겼니?

- 아빠 말 들으면 자다가도 떡이 생기지

- _____ 조심해라

- 늘 멋지게 하고 다녀!

- 일찍일찍이 다니자

- 돈 좀 아껴써

- 열심히 _____

- 잘 좀 챙겨먹어

- _____

아빠와 나의 취미 중 하나! SNS에서 유명한 맛집 다녀오기!

식당 목록들을 적어 봤어요. 아빠, 이번 주는 우리 어디로 갈까요?

☐ ....

☐ ....

☐ ....

☐ ....

아빠! 제가 _____ 사람으로 클 수 있도록 키워주셔서 감사합니다:

야망 있는   독립적인   적극적인

탐구심이 많은   용감한   친절한   열심히 일하는

음악을 사랑하는   건강을 잘 챙기는   자연을 사랑하는

독창적인   긍정적인   모험심 있는   꾸준히 성장하는

호기심 많은   신앙심 깊은   배려 깊은   소박한

윤리적인   신의 있는   멋스러운   매너가 좋은

가족을 아끼는   신중한

그동안 우리 가족의 생계를 책임지시느라

아빠만의 온전한 삶을 누리지 못하셨을 거예요.

이제는 아빠만의 인생을 즐기세요!

만약 아빠에게 1년이란 자유시간이 생긴다면 아빠는 무엇을 하고 싶

을지 생각해봤어요 :

☐ 365일 먹고 자고 놀고, 무한 반복!

☐ 명화 감상을 테마로 한 세계여행

☐ TV 프로그램 〈나는 자연인이다〉와 같이 살아보기

☐ ＿＿＿＿＿＿＿ 와/과 ＿＿＿＿＿＿＿ 하기

☐ ＿＿＿＿＿＿＿＿＿＿＿＿＿＿＿＿＿＿

할아버지가 들려주신 유년기의 아빠와 할아버지의 추억 이야기가 있어요.

새삼 아빠도 제 나이의 시절이 있었다는 것이 신기했어요.

아빠와 더 많은 추억 쌓아갈래요!

제가 유치원에 다닐 때, 아빠께 쓴 편지를 다시 찾아서 읽어봤어요.

십여 년이 지난 지금 다시 한번 써볼게요:

아

빠

리

짱

우

♡ 사랑하는 아빠께 ♡

아빠, 제게 이것만은 약속해주세요 :

- ☐ 귀가시간이 늦을 때는 꼭 가족들에게 연락하기

- ☐ 아빠만을 위한 휴식 시간을 갖기

- ☐ 건강을 위해 꼭 운동하기

- ☐ 음주 후에 _____은/는 절대 하지 말기

- ☐ _____

아빠는 어린 시절, 제 영웅이셨죠.

아빠가 정말 _____인 줄 알았어요 :

- ☐ 슈퍼맨
- ☐ 배트맨
- ☐ 호크아이

- ☐ 스파이더맨
- ☐ 아이언맨
- ☐ 다스베이더

- ☐ 루크 스카이워커
- ☐ 헐크

- ☐ _____

사랑하는 까닭

한용운

내가 당신을 사랑하는 것은
까닭이 없는 것이 아닙니다
다른 사람들은 나의 홍안만을 사랑하지마는
당신은 나의 백발도 사랑하는 까닭입니다

내가 당신을 그리워하는 것은
까닭이 없는 것이 아닙니다
다른 사람들은 나의 미소만을 사랑하지마는
당신은 나의 눈물도 사랑하는 까닭입니다

내가 당신을 기다리는 것은
까닭이 없는 것이 아닙니다
다른 사람들은 나의 건강만을 사랑하지마는
당신은 나의 죽음도 사랑하는 까닭입니다

타임머신을 타고 과거로 갈 수 있다면

아빠는 ⬚⬚⬚⬚ 년 ⬚⬚ 월 ⬚⬚ 일로 간다고 하실 것 같아요.

왜냐하면,

_____

_____

_____

_____

아빠의 일상을 한 권의 책으로 비유하자면요 :

☐ 액션스릴러　　　☐ 로맨스코미디　　　☐ 교과서　　　☐ 시집

☐ 순애보　　　☐ 미스터리　　　☐ 판타지　　　☐ 고전

☐ 사이언스픽션　　　☐ 다큐멘터리　　　☐ 희귀본

☐ ....

지금 제 가방에 있는 물건 중 아빠를 떠오르게 하는 것은요 :

☐ 아빠가 호신용으로 준 호루라기

☐ 아빠 사진이 들어간 휴대폰 고리

☐ 아빠가 생일선물로 사준 향수

☐ 아빠가 간식으로 먹으라고 사준 초콜릿

☐ ....

아빠가 가족끼리 편 가르기를 할 때 너무 귀여워요 :

☐ 음식 간을 맞출 때

☐ 오랜만에 온가족이 모여 어떤 영화를 볼지 고를 때

☐ 명절마다 하는 게임에서 편을 짤 때

☐ .... 와/과 사소한 일로 다투셨을 때

☐ ....

아빠와 함께 이곳을 여행하고 싶어요.

아빠도 분명 마음에 들어 할 거라 생각해요.

아빠의 통화 첫마디를 들으면 저도 모르게 웃음이 나요 :

□ (쩌렁쩌렁한 큰 목소리로~) 여보세요

□ 오냐

□ 왜

□ 응~ 우리 ⋯⋯⋯⋯⋯⋯⋯⋯⋯⋯⋯⋯⋯⋯⋯⋯

□ ⋯⋯⋯⋯⋯⋯⋯⋯⋯⋯⋯⋯⋯⋯⋯⋯⋯⋯⋯⋯⋯⋯⋯⋯

아빠는 전화통화를 마칠 때마다 이 말로 마지막 인사를 합니다.

그걸 듣고 나면 왠지 기분이 좋아져요 :

□ 사랑해 우리 ⋯⋯⋯⋯⋯⋯⋯⋯⋯⋯⋯⋯⋯⋯

□ 안녕~

□ 뿅!

□ 오늘은 저녁 같이 먹자

□ ⋯⋯⋯⋯⋯⋯⋯⋯⋯⋯⋯⋯⋯⋯⋯⋯⋯⋯⋯⋯⋯⋯⋯⋯

아빠가 출퇴근 중, 버스나 지하철에서 무엇을 하며 시간을 보내실지

생각해봤어요 :

☐ 사람 구경

☐ 인터넷 뉴스 검색하기

☐ 요즘 푹 빠진 노래, 무한 반복 듣기

☐ 자도 자도 모자란 잠자기

☐ _____

우리 아빠는 최고예요. 달리기도 잘하고 힘도 무척 세요.

몸집은 장재만큼 크지만, 마음은 곰인형처럼 부드러워요.

그중에서도 가장 최고인 것은 아빠가 날 사랑한다는 거예요.

언제까지나 영원히요.

사랑을 가득 담아 아빠만을 위한 요리를 준비했어요!

재료 : 사랑 두 스푼, 존경 한 스푼, 그리움 한 스푼, 애교 반 스푼, 공경 한 스푼

요리법 : 냄비에 사랑 두 스푼을 넣고 천천히 저어준다.
사랑이 크게 끓으면 존경 한 스푼과 공경 한 스푼을 넣고 재빨리 섞어준다.
간이 싱거우면 애교 한 스푼을 넣는다.

※ 주의 : 이 요리를 먹고 나면 아빠가 자꾸 해달라고 할 수도 있음!

그때 아빠의 눈물을 처음으로 보았습니다. 그리고 결심했어요.

늘 아빠 곁에서 힘이 되어 드리기로요 :

▫ 제가 많이 아파 병원에 입원했을 때

▫ 할아버지(혹은 할머니)께서 돌아가셨을 때

▫ 아빠의 무조건적인 희생에도 제가 철없이 행동했을 때

▫ .... 때문에 아빠가 힘겨워하셨을 때

▫ ....

이 세상에 태어나
우리가 경험하는 가장 멋진 일은
가족의 사랑을 배우는 것이다.

조지 맥도널드

어린 시절, "세상에서 나에게 꼭 맞는 완벽한 아빠를 직접 고를 수 있다면?"이란 생각을 해봤어요 :

- 언제든 잘 놀아주는 다정한 아빠

- 무엇이든 사주는 부자 아빠

- 어떤 일에도 절대 잔소리하지 않는 아빠

- 지나가는 사람들이 모두 쳐다보는 멋쟁이 아빠

- ....

그런데요, 아빠! 곰곰이 생각하면 할수록

지금의 아빠 그대로가

제게 꼭 맞는 완벽한 아빠인 것 같아요!

사랑해요 정말로~

우리 하루 종일 누가 서로를 더 많이 생각하는지 세어 보기로 해요:

아빠는 나를

- ☐ 아침에 일어났을 때 그리고 밤에 잠들 때

- ☐ 식사 때마다

- ☐ 집을 나설 때 그리고 집에 도착했을 때

- ☐ 셀 수 없이 많이

- ☐ ....

나는 아빠를

- ☐ 아침에 일어났을 때 그리고 밤에 잠들 때

- ☐ 식사 때마다

- ☐ 집을 나설 때 그리고 집에 도착했을 때

- ☐ 셀 수 없이 많이

- ☐ ....

아빠 덕분에 생긴 좋은 습관이 있어요 :

☐ 검소한 생활

☐ 긍정적인 사고방식

☐ 시간 약속 잘 지키기

☐ 규칙적인 운동 습관

☐ ....

아빠가 이러실 때, 전 웃음이 터져요.

아빠와 함께하고 싶은 취미활동이 있어요!

- 클래식 기타

- 실내 클라이밍

- 도자기 공예

- 테니스

- _____

제가 태어났을 때, 아빠가 제게 품었던 꿈이 무엇이었을지 생각해봤어요 :

☐ 마음이 풍요로운 어른으로 성장하기를

☐ 탐욕스러운 사람이 되지 말기를

☐ 주변을 살피는 지혜가 있는 어른으로 성장하기를

☐ 세상에 빛과 소금이 되는 어른이 되기를

☐ ....

그 꿈대로 제가 자랐나요?

아빠는 제게 이런 아빠가 되어주시려고 늘 노력하십니다.

정말 감사합니다, 아빠!:

- ☐ 어떤 고민도 유쾌하게 상담해주는 다정다감한 아빠

- ☐ 나쁜 버릇은 호되게 야단쳐 가르치는 호랑이 같은 아빠

- ☐ 내가 바라는 건 무엇이든 들어주고자 노력하는 요술 방망이 같은 아빠

- ☐ 내 이야기에 잘 공감해주는 감수성이 풍부한 아빠

- ☐ ....

아빠가 저의 전부인 이유는요 :

☐ 언제나 든든하게 제 곁을 지켜주시니까요

☐ 제게 아낌없이 사랑을 주시니까요

☐ 아빠는 저의 가장 소중한 베프니까요

☐ 저에 대해 제일 잘 아는 분이니까요

☐ ⋯⋯⋯⋯⋯⋯⋯⋯⋯⋯⋯⋯⋯⋯⋯⋯⋯⋯⋯⋯⋯⋯⋯⋯⋯⋯⋯⋯⋯⋯⋯⋯

이 지구상에서 나만 아는 아빠 습관은요 :

☐ 긴장이 풀리면 감기에 걸리곤 해요

☐ 밝게 웃는 건 마음을 애써 숨기고 있는 것!

☐ 이를 가는 잠버릇

☐ 불만이 있을 때면 눈을 자주 깜빡이는 것

☐ ⋯⋯⋯⋯⋯⋯⋯⋯⋯⋯⋯⋯⋯⋯⋯⋯⋯⋯⋯⋯⋯⋯⋯⋯⋯⋯⋯⋯⋯⋯⋯⋯

아빠가 좋아하는 내 별명 :

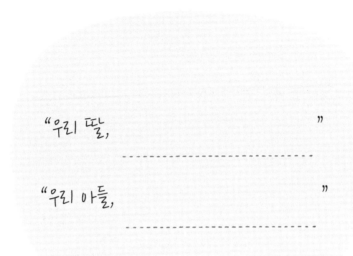

"우리 딸,　　　　　　　　　　"

"우리 아들,　　　　　　　　　"

제가 좋아하는 아빠 별명 :

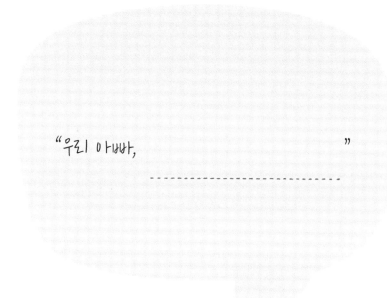

"우리 아빠,   "
- -

부모를 공경하는 효행은 쉬우나,
부모를 사랑하는 효행은 어렵다.

장자

최근 제게 힘든 일이 있었어요. 그때 아빠가 지금의 나라면, 어떤 결단을 내리셨을지 생각해봤어요.

그동안 아빠가 제 주변을 배회하며, 하고 싶었던 말이 무엇이었을지 생각해봤어요 :

☐ 아빠에게는 그 어떤 고민도 이야기해도 괜찮아

☐ 난 언제나 네 편이다!

☐ 부탁할 게 있다면 어려워 말고 이야기해

☐ 너무 고민하지 마. 이 순간을 즐기며 지내!

☐ _____

시들어가는 그 어떤 식물도 살려내고야 마는 우리 아빠!

그중에서도 이 식물들은 아빠를 꼭 닮았어요:

카네이션　난초　모과나무　수선화　로즈마리

재스민　은방울꽃　단풍나무　선인장　소나무

데이지　해바라기　바이올렛　엉겅퀴　베버티

제라늄　라벤더　소나무　삼나무　캐모마일

아빠의 일년운세를 제가 점쳐봐 드릴게요 :

세상을 살아가면서 가장 중요하지만 알아차리지 못하는,

가장 가까이에 있지만 너무 늦게 깨닫는 존재, 과연 누구일까요?

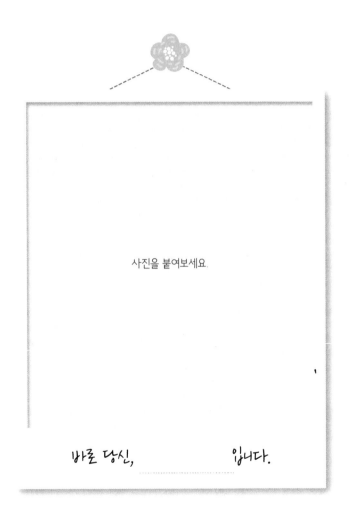

사진을 붙여보세요.

바로 당신, 입니다.

아빠가 제게 얼마나 소중하냐면요.

아빠!

우리 이것만은 약속해요.

이 책에 담긴 이야기는

아빠와 제 사이에 있었던 추억들의 아주 작은 일부분일 뿐입니다.

우리 사이에는 더 많은 이야기가 있고 앞으로도 더욱 행복한 일들이 펼쳐질 거예요.

마지막으로 아빠께 꼭 전하고 싶은 소중한 한마디를 남기며

이 글을 마치고자 합니다.

....

....

....

글 **열하** 대학에서 공부하고 출판기획자와 편집자로 오랫동안 일하고 있다. 책을 만들면서 여러 나라를 여행했고, 많은 사람과 시간을 함께하며 삶의 다양한 풍경을 마음에 담았다. 돌아와 멈출 수 없는 사랑에 관한 따뜻한 이야기를 전하는 데 힘을 쏟고 있다. 지은 책으로《사랑하니까 사람이다》《내가 엄마 아빠를 사랑하는 이유는》이 있다.

언제나 든든한 아빠, 당신을 사랑하는 이유는

1판 1쇄 발행 2019년 4월 15일

지은이 열하
발행인 오영진 김진갑　**발행처** (주)심야책방
책임편집 김율리　**기획편집** 이다희 함초롬　**디자인총괄** 안윤민
디자인 씨오디　**마케팅** 박시현 신하은 박준서　**경영지원** 이혜선

출판등록 2013년 1월 25일 제2013-000028호
주소 서울시 마포구 월드컵북로5가길 12 서교빌딩 2층
전화 02-332-3310 **팩스** 02-332-7741
블로그 blog.naver.com/midnightbookstore
페이스북 www.facebook.com/tornadobook

ISBN 979-11-5873-135-9　13810

이 도서의 국립중앙도서관 출판예정도서목록(CIP)은 서지정보유통지원시스템 홈페이지(http://seoji.nl.go.kr)와 국가자료공동목록시스템(http://www.nl.go.kr/kolisnet)에서 이용하실 수 있습니다.
(CIP제어번호 : CIP2019002859)